Palabras que debemos aprender antes de leer

arrastrándose

avestruz

culebra

desenfrenadamente

desierto

prisa

rezongando

susurrante

trotando

www.rourkeeducationalmedia.com

Edición: Luana K. Mitten
Ilustración: Robin Koontz
Composición y dirección de arte: Renee Brady
Traducción: Yanitzia Canetti
Adaptación, edición y producción de la versión en español de Cambridge BrickHouse, Inc.

Library of Congress Cataloging-in-Publication Data

Koontz, Robin
 Lagartija Lisa: ¡El cielo se está cayendo! / Robin Koontz.
   p. cm. -- (Little Birdie Books)
ISBN 978-1-61810-541-7 (soft cover - Spanish)
ISBN 978-1-63430-313-2 (hard cover - Spanish)
ISBN 978-1-62169-040-5 (e-Book - Spanish)
ISBN 978-1-61236-029-4 (soft cover - English)
ISBN 978-1-61741-825-9 (hard cover - English)
ISBN 978-1-61236-740-8 (e-Book - English)
Library of Congress Control Number: 2015944647

Scan for Related Titles
and Teacher Resources

Also Available as:

Rourke Educational Media
Printed in the United States of America,
North Mankato, Minnesota

rourkeeducationalmedia.com

customerservice@rourkeeducationalmedia.com • PO Box 643328 Vero Beach, Florida 32964

Lagartija Lisa:
¡El cielo se está cayendo!

escrito e ilustrado por
Robin Koontz

Lagartija Lisa estaba tomando el sol sobre una piedra. ¡Cataplum! Algo la golpeó en la cabeza. Lisa miró a su alrededor. El desierto parecía vacío.

¡Cataplum! Algo golpeó su cabeza otra vez.
—¡El cielo se está cayendo! —gritó Lisa. Ella
saltó de la piedra y huyó corriendo.

Susi Suricata salió corriendo tras ella.
—¿Adónde vas tan apurada? —le
preguntó Susi.

—¡El cielo se está cayendo! —gritó Lisa—. Voy a avisarle al rey.

—Iré contigo —dijo Susi.

Ava Avestruz salió trotando tras ellas.
—¿Adónde van ustedes dos corriendo tan
desenfrenadamente? —preguntó Ava.

—¡El cielo se está cayendo! —gritaron—.
Vamos a avisarle al rey.

—Iré con ustedes —dijo Ava.

Se detuvieron frente a Abra Culebra.
—¿Adónde van con tanta prisa? —silbó susurrante.

—¡El cielo se está cayendo! —gritaron—. Vamos a avisarle al rey.

—Les voy a mostrar un atajo sss-seguro —dijo Abra.

Lisa, Susi y Ava siguieron a Abra hasta un gran hueco.
—Este túnel las lleva al palacio del rey —les dijo Abra.

En ese momento, Tina Tortuga salió arrastrándose de detrás de una roca.

—¡No se metan por ahí! —gritó Tina—. ¡Es una
TRAMPA! Lo que quiere Abra es almorzar.

Abra Culebra *sss*-se deslizó lejos, silbando y rezongando.

13

—Gracias —dijo Lisa—. ¡Pero tenemos que ver al rey de inmediato!

—¿Por qué? —preguntó Tina.

—¡Porque el cielo se está cayendo! —gritaron todas.

¡Cataplum! Lisa sintió que algo golpeaba su cabeza.
—¡Ahí está otra vez! —gritó.

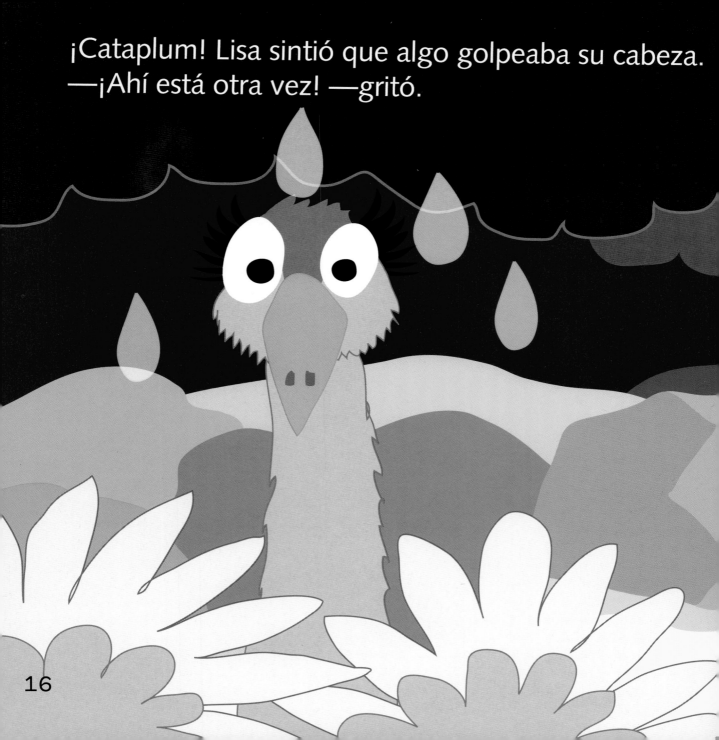

—Eso es una gota de lluvia —dijo Tina.

—¿Qué es una gota de lluvia? —preguntó Lisa.

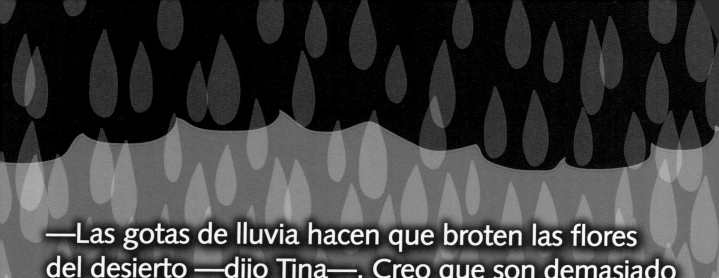

—Las gotas de lluvia hacen que broten las flores del desierto —dijo Tina—. Creo que son demasiado jóvenes para saber qué es la lluvia.

Tina se alejó con paso lento mientras la lluvia comenzaba a caer.

19

—¡Vamos a ver las flores del desierto!
—dijo Susi.

Y las nuevas amigas salieron por primera vez de excursión a ver las flores del desierto.

Actividades después de la lectura

El cuento y tú...

¿Dónde ocurre este cuento?

¿Por qué todos los animales querían ver al rey?

¿Qué harías si alguien te dice que el cielo se está cayendo?

Después de leer el cuento, cuéntale a un amigo qué crees que pasará después.

Palabras que aprendiste...

Escribe cada palabra en una hoja de papel y luego piensa en una nueva palabra que comience con el mismo sonido.

arrastrándose	prisa
avestruz	rezongando
culebra	susurrante
desenfrenadamente	trotando

Podrías... planear tu propia excursión a la naturaleza.

- Decide adónde te gustaría ir de excursión.

- Crea un diario para llevar a tu excursión por la naturaleza
     - Haz una lista de las cosas que quieres ver durante el paseo.

- Empaca una mochila con provisiones.
     - botella de agua
     - cámara fotográfica
     - envase plástico para recolectar cosas
     - diario
     - lápiz
- Establece un tiempo para tu excursión e invita a un amigo a ir contigo. (Asegúrate de informarle a un adulto adónde van.)

¡Disfruta de tu excursión y recuerda que tu seguridad es lo primero!

Acerca de la autora e ilustradora

A Robin Koontz le encanta escribir e ilustrar cuentos que hagan reír a los niños. Ella vive con su esposo y varios animales en las montañas de Coast Range, en el oeste de Oregón. Ella comparte su oficina con Jeep, su perro, quien le da gran parte de las ideas para escribir.

Meet The Author!
www.meetREMauthors.com